U0053202

賣

蘇善

臺語詩

自序——平行脈

寫詩，布氣。

這氣，收攏散頁。

我的第一首臺語詩也是第一首登上報紙副刊的臺語詩是〈含笑〉，在二〇〇三年五月二日的《聯合報》副刊。十年之後，第一本臺語詩集《人間模樣》出版。這十年間，承蒙許多詩刊厚愛，採用我的詩作，我也寫得勤快，翻越九九，第一百首〈買賣〉在二〇一四年三月十七日登上《中國時報》人間副刊版面。

讀詩，不器。

這器，盛墨不滴。

第一次公開朗讀臺語是在二〇一三年七月六日，我參加了「二〇一三詩行——臺灣母語詩人大會」活動，朗讀〈寫到一半〉、〈日頭真媠〉與〈飼魚〉三首臺語詩。接著，在二〇一四年十月二十五日的

「臺北詩歌節」吟誦臺語詩〈買賣〉與〈種樹〉。同年十二月十一日應金門縣文化局之邀至賢庵國小演講，講題為「唸・歌・詩——淺談臺語童詩創作」，首次向小朋友介紹我的囝仔詩。

寫詩，讀詩，時日搭話，也擺個「詩」的樣子。

不知不覺的，臺語詩內化，很像有那麼一回事。

吐，我的創作猶如一頁平行脈，小說、童話、中文詩、臺語詩、童詩，簡單來說，是一條語言理路，嘴上能說，筆下就能寫；說得複雜，是思想分岔，白日爬上格子，夜裡爬下夢境，越越連牘，越發不像話。

詩，抓功夫，特別是在啃書的時候尤其能鑽，往往一鑽就是七八行，引不了經、據不了典，便成一段，再一愣，一首分行晾了，論文卻在點校。

上手，快書。

下手，慢織。

又或者，指尖應該跳舞。

然而，字，有時飄，有時霧，有時活泥，有時魚骨，總之，連不連，交與歲時。

總之，越寫越不知道怎麼一回事。

蘇善　二〇一六初春

〔目錄〕

菜色

桌頂
是阿母的畫
昨日開黃花
今日生瓜
纏來牽去
一箍藤
蜷出四季
記持
阿母的青春色緻

《海翁台語文學‧第一三六期》，頁一〇二。
臺南市：開朗雜誌社，二〇一三年四月。

水田

比鏡較趣味
因為有水
清清
照出天頂的雲堆
擠來擠去
欲看百花齊開時
一蕊比一蕊媠
啊
也有看見
稻秧笑瞇瞇
曳手

歡迎四時
踅來轉去

《海翁台語文學‧第一三八期》，頁一一〇。
臺南市：開朗雜誌社，二〇一三年六月。

寫到一半

還有一頁
欲寫啥
風走了
雨停佇遙遠的山嶺
畫詩的
墨水漸漸凋
筆毛滲汗
欣羨啊
竹篙頂面的厚衫
曝日
輕鬆佇聽
鳥隻唱歌

唱啥唱啥
一定是招阮出門去行踏
啊
滿山遍野的笑聲
欠阮一個
讀冊囝仔

《二〇一三詩行——臺灣母語詩人大會集》，頁一〇七。
臺灣海翁台語文教育協會、李江却台語文教基金會、
台文筆會共同出版，二〇一三年六月。

日頭真婧

日頭真媠
隔壁阿伯欲去巡田水
對面阿婆搬竹椅
坐佇戶庭擦棕蓑
啊
毋是毋是
是阿婆的頭毛絲
一捲長長披佇肩胛頭
輕輕梳落去
未輸一道瀑布，金金熠熠
日頭足媠
阿公蹺腳嘆薰絲

孫仔等佇身邊
煙一來
拍來拍去
害伊的狗仔閃未離
撞做一堆
害阮笑嘻嘻
日頭真正媠
害阮雙腳行未開
原來是冊包仔重頹頹

《二〇一三詩行——臺灣母語詩人大會集》，頁一〇八—九。
臺灣海翁台語文教育協會、李江却台語文教基金會、
台文筆會共同出版，二〇一三年六月。

飼魚

一尾小魚
真好泅
整座水城是自由
兩尾小魚
慢慢游
半爿世界留予玻璃牆
三尾小魚
斟酌用目睭
撥開路線找清幽
咦
阮看魚仔若朋友
有時相招

有時孤單噴風也是一款樣
啊
魚仔敢會像阮烏白想
等魚仔大隻
阮敢著放手
放伊泅
泅去真正的海洋

《二〇一三詩行——臺灣母語詩人大會集》，頁一一〇。
臺灣海翁台語文教育協會、李江却台語文教基金會、
台文筆會共同出版，二〇一三年六月。

色緻

只有烏白難免躊躇
彩虹解圍
光來
伴奏歡喜
看見雨水洗出藍天

只怪暗時未免小氣
影跡鋪謎
霧起
背景沈去
托著花蕊閃亮笑語

路，有各種色緻
妙在彎曲
焰日會得看清濁水
夜深自有掩面的道理
轉踅需要勇氣

風景，只有眼前一片
徛佇相遇
選擇就是放棄
故事的意味
用心去鼻

《台文戰線・第三十一號》，頁六〇。
高雄市：台文戰線雜誌社，二〇一三年七月。

順勢

出門買物
順勢找自己
彼個抛見佇童年的幼稚
順勢行過菜市
挽花兩三蕊
扼蔥兩三枝
隔壁田的番米當佇吐穗
約束
下回再來巡視
等阮有閒時
圳溝有魚
希望伊趕緊大隻泅對海去

看世界
試鹹甜
若欲回頭
阮的心內會替伊留位
雜項就是日子
款東款西
款實款虛
順勢的歡喜
揣著舒適

《台文戰線‧第三十一號》，頁六一。
高雄市：台文戰線雜誌社，二〇一三年七月。

四角

牛有角
無愛越頭驚刺目
直直拖去
翻出土性掠算田水味

桌有角
新婦未曉順郎意
擠落笑談邊
伴著冷灶吐灰無火星

路有角
轉彎就會踅過地獄

舉頭免驚雲厚
陣雨會走

冊有角
拗入詩句藏心志
毋免等閒時
分分秒秒放予夢記持

人生是圓
相遇免看時
隨便約佇天涯海角
轉眼分離

《海翁台語文學・第一三九期》，頁三〇—一。
臺南市：開朗雜誌社，二〇一三年七月。

故事安怎來

故事安怎來
筆，毋免安排
交予時間主裁
白紙頂面
漸漸會有墨屎化開

有風的影跡
留下幾點淡彩
雲不時搖擺
有時疊著一層薄霧
可能是昨暝濆了枕頭的惡夢
猶未浮海

也有日頭偷提山內
上深上深的悲哀
沉落
紙底的毛孔空
看無
就當做不存在

一張白紙
用眼界隔開
前半段
越頭才會寫出悔解
真假已經無礙
腳步繼續離開

爬出來行出來
走出來然後停落來

字句串出歡喜或者悲哀
長短，為花修改
彼本真的
只好留佇自己心內

《臺江臺語文學季刊・第七期》，頁一六二。
臺南市：臺南市政府文化局，二〇一三年八月。

早起

夢真婧
所以目睭毋愛褫開
看見
昨暝
寫了半頁的日記
以及想欲去的
冒險故事
捽落床邊
疊疊做一堆
哎喲喂
日頭也予阮撣上天

《海翁台語文學・第一四一期》，頁一一九。
臺南市：開朗雜誌社，二〇一三年九月。

有無四首

路

予汝看有是路
毋管日鬚三分薄
有踏有步
若行若踅
予汝看無
是苦也是樂

醒

予汝看有是字
看無是思

兩三句倒出暗瞑躊躇
拗韻轉意
夢是醒

詩

予汝看有是花
色水滿畫
有框有格
四時攔天來話
講早前含苞存疑
講眼下日照孤枝
存在啥物
予汝看無
敢是詩

軟

予汝看有是卵
看無是軟
嘴軟會鑽
貫耳空空若坐雲
可怕是心軟
心軟未曉分寸
野外弄春
放伊花園凍冷霜

《海翁台語文學‧第一四二期》，頁六二－三。
臺南市：開朗雜誌社，二〇一三年十月。

詩是啥貨

借問一下
詩，是啥貨
敢有店頭佇賣
一包一罐
或者親像糖含仔一粒一粒若花
詩呢，敢有鹹的
敢有摻著霜雪
冰冰涼涼
或者是親像燒燙燙的一把火
詩，到底是啥貨
安怎分辨真假
講著愛

敢會真正將心肝割來賣
詩，安怎稱重
千金萬兩
或者無價
詩，畫著啥貨
千瘡百孔
寫未詳細
或者一世人攏總才一句話
詩，上驚啥貨
敢有摻著防腐劑
敢會遇上歹人客
詩啊詩
找啊找
若是遇上李白
敢著試伊一首窗前月

《台文戰線・第三十二號》，頁四四－五。
高雄市：台文戰線雜誌社，二〇一三年十月。

聽雷

車聲竄出雷聲
好聽
春天欲來
蹛佇阮的童年的隔壁
彼區三塊半
秧仔青青
等雨聲

咚咚咚

雨聲伴著雷聲
免驚

是跳舞的邀請
節奏有三拍
欲佇水田跳起來
踅著華爾滋的輕快
暗暝無礙

叭叭叭

雷聲讓予車聲
雨聲輸予啦叭聲
街路一陣攪吵
阮的雨傘
無愛亂罵
恬恬流著目屎
伴阮行

《台文戰線・第三十二號》，頁四五－六。
高雄市：台文戰線雜誌社，二〇一三年十月。

瓶

無去摸
哪知瓶是燒
暝日怎樣照顧
幾捆柴入火牢
幾欉樹仔
為伊性命無

感覺
烏索索

感覺
烏白挲

無去攬
哪知瓶內歲月
是清抑是濁
摻了煩惱
伊就重若秤砣
有花來愛
青春就永遠不老

《掌門詩學・第七十期》，頁四五。
高雄市：宏文館出版社，二〇一三年十月。

總舖師

手路菜
捧出人前來
紅是牡丹彩
白如碧玉
會透光
照出眼中的等待

烏烏濁濁
有歲月磨著目屎
清清淡淡
毋免妄想遙遠

遇上啥物
攏來用做料理人生的素材

手勢練出來
膽量掠在
腦做刀
直是直，未得使坦横
心思鑽入鼎內
按算浮沉
用怎樣的溫度炸出意愛
未黏未焦
清氣鎖佇內才

《掌門詩學・第七十期》，頁四六。
高雄市：宏文館出版社，二〇一三年十月。

飯包

風送阮飯包
內面是涼涼的
若露珠輪過發芽的青草
吮一下
看見艷天走呀走

雨送阮飯包
內底有雲頂的煩惱
大粒的驚鬧
小聲的拼未過厝鳥
阮的腹肚啊
恬恬等候

阿姐也送來飯包
溫暖的香味
自千里之外飄啊飄
倏一下
竄來阮的鼻孔頭
啊
害阮的嘴瀾一直流

《海翁台語文學‧第一四三期》，頁一二四。
臺南市：開朗雜誌社，二〇一三年一十月。

種樹

種佇山頂種予白雲揪呀揪
種佇山腳種予蝴蝶做陣來郊遊
種佇樓頂種予鳥仔按算過暝抑是繼續飛出自由
種佇樓腳種予流浪的狗仔歇腳歇手
種佇路頭種予柑仔店招呼金鐺鐺的目睭
種佇路尾種予公園約朋友
種予眼前遮日頭
種予未來留土留水留寸尺
種予四界青青翠翠
種佇心內，喘氣就會想起做樹的前世

種岫，也歡迎蟲來蛀
種壽，拚命攬著一粒藍色星球

《臺江臺語文學季刊・第八期》，頁一五八。
臺南市：臺南市政府文化局，二〇一三年十一月。
《二〇一四臺北詩歌節詩選》，頁一三〇。
臺北市：臺北市政府文化局。

根

根伫遮
腳伫遮
根愛走
腳欲行
伊鑽入土
阮走天涯
一分一寸，出力
一腳一步，慢慢啊踏

《海翁台語文學・第一四四期》，頁六〇。
臺南市：開朗雜誌社，二〇一三年十二月。

看戲

打扮華麗
面模假
唱著哎喲喂
長長短短
哭調仔
開未出半粒目屎花

臺頂搬笑詼
臺腳個個心事一大袋
這個頭犁犁
想著自己的反背

哪會
彼個笑出滿腹火

聽無三句話
角色換做大家
一個目尾牽著一個手勢
彼款身段
演出自己的年歲

《掌門詩學・第七十一期》，頁一四三。
高雄市：宏文館出版社，二〇一三年十二月。

三副目鏡

近看啥
花苞悶悶為安怎
一隻過路的蜂仔欲問啥
看遠去
一陣茫霧沙
外面的風雲吞掉半爿闊
啊
眼前上嫷
腳步清楚楚
無踏差
一條椅仔
歇心情

雖然細字著斟酌看
雖然未來佇窗外
雖然三副目鏡換來換去
難免頭殼痛
啊
免掛面子
上快活

《掌門詩學‧第七十一期》，頁一四四。
高雄市：宏文館出版社，二〇一三年十二月。

夜市

夜好飼
飼狗飼豬
飼來喫枵飢
飼去吞恬寂
欲望填未平
若吭若呸，笑自己
飼無一家大門院
莫怪鳥仔嗆聲
老鼠佔床毋免偷偷啊圍

夜好嘴
招貓招鼠

暗中搬著生死戲
弱者難存
早若知，天堂毋免離開
世間啊
快活全無思
太曉想顛倒變活尸
加講會破嘴

夜有胃
吞入迷失的趣味
脹大
肚腸鬧，滾滾
找宿找透瞑
攤平就歇，倒入夢中製造春天
慢慢消化鬱悶

有婧，化做一首詩
無形無跡也省氣

夜青盲
料準美麗是世界的外衣
逐項獻媚
揀來揀去
天光就現形，漏洩空虛
敢著飼伊歡喜敢著飼伊哀悲
敢著每暗飼伊一桶墨水
希望伊
吐出滿天星

遇著黑暗嗆煙毋免躊躇
用嘴舌找位
一擔鹹，感覺轉醒

一擔甜蜜的過去
沈做血糖
灌淚來濾
一擔五光十色撈無堅貞的情意
一擔憨慢煎日子
才知苦杯也會醉

夜靠勢
偎過去
就是沉迷
漸漸，心內飼鬼
野魂養在五臟六腑跳年
改造骨氣
毋免看風水
早早去睏早早起
反背八字

人生啊，若掖若飼
無本無利
拚命佇世界租一個攤仔位
五十年嫌短，雞仔鴨仔未飼
囡仔欲討牛奶錢
百年太長
喘氣驚會牽出蜘蛛絲
害著分秒相爭
害肉身變做木乃伊

《台文戰線‧第三十三號》，頁四〇－二。
高雄市：台文戰線雜誌社，二〇一四年一月。

眠床

眠床是雲
綿綿啊軟
耍啊耍
會暈，放去睏
有時鋪著一片花園
是阮阿母種落童年的繽紛
害阮攬著
就想悶

眠床是太空船
罩著宇宙的氣氛
恬寂寂

阮將自己藏佇遠——遠——遠——
因為暗暝有夠長
算啊算，算到千萬猶未看到光
害阮身軀軟軟
無力挽星
來予阿母做衫裙

《海翁台語文學‧第一四六期》，頁一一七。
臺南市：開朗雜誌社，二〇一四年二月。

買賣

賣田賣地
一區種無三代的家火
賣肉賣血
雙手抽無澎湃的油花
賣字賣畫
一本換無三兩版稅
賣年賣月
千萬換無青春翻頭使目尾

鬼欲買
買來變造四界
新樂園掛牌，講是浮華戰勝了一切

骨氣是艱苦人的痟話
魔神仔上曉蕫貨
買來轉踅
歡迎三魂七魄交換半張面皮
另外半爿慢慢等天堂落價

《中國時報・人間副刊》，二〇一四年三月十七日。

未曉

未曉好嘴
甜是糖仔的權利
五顏六色
嘴舌開出花蕊
毋免春天
毋免添水
溫柔是伊攪出來的深池
予人泅水
予人淹思
予人若浮屍
料準內底無摻半句歹意
愛著，計較啥物

敢著未曉半字
才好欣賞一座花園的四季
放掉自己
不再堅持
選花揀籽
安排內心的色緻
其實寒霜一片
稀微
恬靜，無所為
冷眼無所不至
看伊牆外的風轉彎踅角，來來去去
也毋願證實阮的懷疑

《台文戰線‧第三十四號》，頁一〇一—二。
高雄市：台文戰線雜誌社，二〇一四年四月。

天堂

若有天堂
在何方
阮欲對準彼個方向
毋免走撞
氣力集中
用爬的
趕走倉狂
也會甘願歇喘
趴佇土腳
聽蚼蟻
安怎講
講雨，是如何梟雄

講風，上愛無端中傷
講雷電啊
驚走軟弱的虛妄
無心的
也毋免假裝
趁早裂破堅強

《台文戰線‧第三十四號》，頁一〇二。
高雄市：台文戰線雜誌社，二〇一四年四月。

潤餅

鹹酸甜
捲做堆
清氣合味
哺春天
害阮無嘴來應舌

逐項攏捲
毋是縛行李
毋是欲走去海邊揣鯊魚

只捲一項
敢會拍損阿母的準備
敢會錯過種佇田園內底的秘密

捲著相思
望歁睏
根本無心來寫字
阮的舌強欲跳向遙遠的桌邊
啊，鹹酸甜

《海翁台語文學‧第一四八期》，頁一一九。
臺南市：開朗雜誌社，二〇一四年四月。

頭路

落葉無落土
控訴
尸無路
披一重煙塵
無奈何
加入人間陰謀
燒大埔

落枕無落夢
想空
思無縫
閃一條氣絲

纏前後
捲出時間破甕
漏因果

無頭
敢是暗示詩人的命薄
共款一副面模
憂結結
攏總三千煩惱
一詩一詩，先知
世情預告
雲彩的色素
攪出天清抑是雨

無路
本底就是詩人前途

筆下烏墨墨
淹思
浮沉欲斬時間之河
篇篇抽刀
削厚因為覺醒，薄是小悟
三言兩語話勞苦
一字釘馬索

《臺江臺語文學季刊・第一〇期》，頁一二一。
臺南市：臺南市政府文化局，二〇一四年五月。

馬腳

歹狼來搬戲
講伊欲收起尖尖利利的嘴齒
只論道理
半本黑白半本公義
撞破政治
虛偽
假仙裁定公理
假鬼暗殺無名的鐵骨一堆
用咒罵竄改是非
講亂世才有趣味
上悲哀是憨人看戲
看得目屎潸潸滴

臭耳
戰爭的鼓聲料準是舞會的音樂奏起
狼來了，狼來了
露出馬腳
尾後有紅狗蟻一隊

《臺灣現代詩・第三十八期》，頁三二。
臺中市：臺灣現代詩人協會，二〇一四年六月。

共路

水向東
西山墜太陽
倒轉是蟲
返落眠床找真夢
假的，毋通
鬧雙層
鏡內伸手
掠走思想
一掛空空的皮囊
欲做啥項

風無路
千峰難阻
萬水若是共一途
海口煩惱
漂流的天星揣無
胸坎愛慕
淚，敢會是雨
有時澇
有時親像花蕊漸漸消瘦
色緻薄

《台文戰線‧第三十五號》，頁七一。
高雄市：台文戰線雜誌社，二〇一四年七月。

七逃

若無七逃命
出門就驚惶
驚會走漏風聲
烏雲故意來相惹
驚老鼠仔冤家
招陣來車拚
唉，一間破厝隨在伊拆
拆空顛倒快活
落雨吧
清氣清氣
洗心情

真正無七逃命
拍算欲走
哪會行未開腳
煩惱東西
想牆角彼塊金仔角敢著徙
徙去甕底浸菜乾
敢著拜託賊偷揣別家
啊，驚大隻細隻無飯吃
驚狗仔哮得連鬼也毋敢聽
驚貓仔跳上桌頂
鬧公嬤

七逃呀七逃
風雨是伴
行李隨身只要一寡

無欠啥
準備一副勇敢的心肝

七逃若放索
剪斷綁腳綁手的囉囉嗦嗦
門無鎖
四界闊朗朗
眼前不時開出自由路

《台文戰線・第三十五號》，頁七二－三。
高雄市：台文戰線雜誌社，二〇一四年七月。

知影

有影無
三年四個月才學得
一門工夫來賺喫
敢無影

十八冬起出一座牌坊
寫著寒窯守孤單

時間若欲騙你
唱一條歌予你目屎
自暗暝滴到透早

時間若欲害你
五十你才知影
哪會天生一粒憨膽

《海翁台語文學‧第一五一期》，頁四四。
臺南市：開朗雜誌社，二〇一四年七月。

夏天

阿娘的夏天是阮嘴內的滋味
冬瓜茶清香
青草茶烏烏未臭腥
番薯擠芋圓
紅豆摻牛乳
原料飽填
一支紅紅的冰有西瓜籽
一支黃的，藏著鳳梨的詩
是阮覆佇竹椅盹龜時
嘴角洩漏的夢語
啊，阮的夏天是阿娘的汗水

灶腳變把戲
逐日酸甘甜

《海翁台語文學‧第一五二期》，頁一一九。
臺南市：開朗雜誌社，二〇一四年八月。

撿話尾

撿話尾
種落
三個月
無出芽
才知彼句
是氣話

撿話尾
唉，糾頭難免龜做鱉
寄望沉海底

撿話尾
含入瞑
沃夢
無開花
才知歹心
臭土底

撿話尾
啊，上驚種蒲仔生冬瓜
一箍滾出霜雪

《台文通訊BONG報‧第二四三期》，頁九。
臺北市：財團法人李江却台語文教基金會，二〇一四年六月。

家

成家難
起家慢
三冬五冬攢
戀情重重疊疊，懸
事事項項齊刁蠻
放棄
一念之間

入門人怨
出家寄望瘦瘦
無所為
嘴輕輕，世事細聲放

經文唸早暗
唸來安搭未浮的心
未沉的願

家，門外看來是燈火一盞
門內百款
坎坎坷坷的烏暗
對鏡揣影交談
好否
加一隻狗仔顧暝
減一半寂寞徛更的酒瓶
加一對鳥仔嘴來喝冤
減一成冷寒

是否
若欲耳空清氣

先疼貓仔
為伊床尾留大位
房間狹狹其實闊若天
人間有宿
因為愛相隨
毋免男女
家，戶內有光千千萬萬蕊

《臺江臺語文學季刊・第十一期》，頁一四二。
臺南市：臺南市政府文化局，二〇一四年八月。

一半

睏一半
日夜相疊
醒一半
夢想拚無贏

疊佇過路的斑馬
橫直愛行
輸，是一個路口
贏，加三粒青紅燈的喘氣聲
有彎稍停
無亭也找石頭歇腳
聽風找影

電火線牽過去
寂靜的山嶺
放棄京城

敢有熟識的人家
敢有一欉桂花
梳好頭鬃
歡迎拍門聲

《一九六〇世代詩人詩選集》，頁一二一。
新北市：景深空間設計，二〇一四年九月。

停電的暗暝

暝暗
停電驚啥物
還予伊
原來的色緻
無光無彩霓
天頂有星
恬恬啊爍是伊
免照也媠

暝烏
停電才趣味
聽見伊

細聲、細聲佇唸詩
句句神祕
阮披起薄衣
行向伊

伸手去
暗索索
烏索索
薄薄的墨水
露滴深更
靜寂寂
將伊攬來阮的身軀邊
慢慢感覺
孤單的本意

《台文戰線‧第三十六號》，頁二一－二。
高雄市：台文戰線雜誌社，二〇一四年十月。

架勢

阿公的架勢佇薰吹
阿爸的架勢是駛犁
阿母的架勢佇四界輪轉
揣無一位好食茶
（只有日頭峯面問起田尾敢有種花）

狗仔的架勢是搖尾
貓仔的架勢佇痴迷
阮若有架勢予人寫入詩內底
敢會是不時讀冊
（泅來泅去，免講話）

樹仔的架勢佇釘根
草仔的架勢是欣羨雲佇飛
風若有架勢予人寫入故事內底
一定是花
（春夏秋冬來寄話）

移動

樹移動，山毋敢崩
風移動
雲會追蹤

河移動，海願收容
家移動
心肝藏佇夢中

夢移動
日時來思想
筆移動，無分厚薄
一頁一頁坦白講

寫愛也寫傷
因為感動，不時矇懂
無膽
隨時移動

《台文戰線‧第三十六號》，頁二三。
高雄市：台文戰線雜誌社，二〇一四年十月。

寄批

寄往東是一條一條的亂思
半途予風分去
吹向雲邊
細聲問起
敢有透明的詩
通光的
毋過寫著烏暗的道理

寄往西
有心內全部的躊躇
毋寫地址
故意

流入夢境
變成大隻的歹物
吞喫現實

最後一批寄出自己
免限時
偷偷藏著違禁的相思
收件的伊
生分多時
未記青春的花蕊
變成凋芯一枝
摸著就碎

食軟飯

三頓魚肉
不如一碗燒一碗軟
一簇蔭瓜仔
一盤卵
青菜烏烏爛爛也好
只要合時
加煮三分
將粗心燉做溫柔
肚腸免囥
緊緊緊，放屎放憂悶
空腹較贏一粒脹脹圓滾滾
哪會知影

歲月未按算
牙槽漸漸瘦一輪
鐵齒走位
咬喙唇
只好恬恬嚙恨
摻著珠淚一丸一丸吞
食老
敢是去了一副鐵骨就無身份

《臺江臺語文學季刊・第十二期》，頁一四五。
臺南市：臺南市政府文化局，二〇一四年十一月。

畫話

阿母舉竹耙
土腳亂畫
伊講欲種花
欲種一區紅一區白
一區若像彩虹倒袒平
每日對看
毋驚目睭花
歡迎蝴蝶來伊的眼前飛

阮也提筆尾
紙頂亂話
話得一句長一句短

一篇黏黏做一塊烏索索的夢話
不時想起
阮自己也未曉解釋
只好半翻冊半猜謎

《海翁台語文學・第一五五期》，頁一一九。
臺南市：開朗雜誌社，二〇一四年十一月。

牽拖

牽拖時間
腳手慢
長的欲歇喘
短的覆倒，未震未動
牽拖生分人
講彼個阿桑頭鬃亂
講這個阿伯赤腳踅街巷
敢是佇眠夢
這陣毋是古早
路面會燙死蟲

講著蟲
一寸一寸行半晡
一欉花也未香
明日再來
看紅顏
牽拖全世界
無聽著心肝抽抽痛
只好牽拖過路的風懶懶
噴絲是佇弄啥款

《華文現代詩‧第三期》，頁一一七。
臺北市：文史哲出版社，二〇一四年十一月。

鉸指甲

剪一枝
養一時
上媠的瓶也未得
插出青春的花蕊

種一欉
伴四季
上好的土也難得
開出未謝的嬌媚

十隻手爪
每日出動元氣

穡頭無一項會得推辭
愈做愈歡喜

十隻手爪
掠出歲月的教示
不時，剪斷躊躇
修圓

《台文通訊BONG報・第二四九期》，頁七。
臺北市：財團法人李江却台語文教基金會，二〇一四年十二月。

認路

欲找瀑布
啥人來引路
蝴蝶拍翅鼓
空氣輕輕
頭前應該猶有三里路
草枝凋凋
欲離土

欲找瀑布
記持會認路
心情輕輕
頭殼應該無留十日苦

意志滿滿
舉腳步

《海翁台語文學・第一五六期》，頁四〇。
臺南市：開朗雜誌社，二〇一四年十二月。

啥物攏有

咱兜啥物攏有
埕前一欉無愛開花的蓮霧
厝後一棚菜瓜旋藤
自春天盤入冬節
慢慢偎壁
想欲爬上龍眼樹頂
綴風走

咱兜啥物攏有
桌頂番薯糜配菜脯
桌邊兩腳吃未飽的菜櫥

面色冷冷
由在老鼠來抓身軀

咱兜啥物攏有
雖然兩間房內的蜘蛛絲滿滿是
大細件免驚無位
揣自己
大細漢免驚暗時睏未去
眠床闊若天
予咱佇夢中耍來耍去三千年

咱兜真正是啥物攏有
不過逐項舊
日子漸漸淡薄
妄想漸漸霧
每日曲痀

是彼隻恬恬犁田的水牛
以及咱阿母

《中國時報・人間副刊》，二〇一五年一月二十七日。

摃球

阿公投球
予阮摃去銀河尾溜
爆炸
變做火星
燒蜷貓仔的喙鬚
燙著狗仔，哪會無喊咻
阿公逐球
害阮等到頭鬃起叛
變魔毬
鳥仔來做宿

掠蟲飼囝
不時啾啾啾

《海翁台語文學・第一五九期》，頁一二〇。
臺南市：開朗雜誌社，二〇一五年三月。

種詩

種柑種香
種夢
陽臺萬頃
種出生存的氣味
種歡喜
一區自由的心園
種好物
細粒的果子
是詩
掛著活跳跳的色緻
也種瓜也種焿
懸出長——長——長的勇氣

鑽出去
盤過圍牆重重的迷宮
揣著光絲
揣著智慧

《臺江臺語文學季刊‧第一三二期》，頁一八七—八。
臺南市：臺南市政府文化局，二〇一五年三月。

好空

雲的自由
予粉鳥分一半
鴟鴞咬走東爿的流浪，從此
快
活
粟鳥仔等著電火線
欲用來跳舞不過走精的時間
變
化
碎做夕陽眼底的飛沙
風，冷冷靜靜才來攪去
人間三分闊

可憐天的目屎無人擔
江湖太狹
土地的毛管收無清氣的孤單
莫怪
世界虛華
一空愛情一空愛名
一空求神一空問佛
一空原子彈

《台文戰線‧第三十八號》，頁一三二。
高雄市：台文戰線雜誌社，二〇一五年四月。

落雨

落雨
落佇樹頂
鳥仔啾、啾、啾
恐驚面頭的流浪迢遠
拖累翅股
等未著天黑

落雨
落佇世間害人走路
趴、趴、趴
亂了追求幸福的腳步
有傘無傘

共款前途
是一條相思化解相思的歌譜
唸詩消磨

雨，落呀落
落佇江湖
是懸懸的天唱山歌

雨呀雨
千萬落佇喙焦的水庫
淹入破空
滋養田土

《中國時報・人間副刊》，二〇一五年五月六日。

同學

一人一塊窗
一人看一款
咱的教室就是世界
毋過，咱無愛老師的黑板
寫著天文
期待伊的嘴波
笑談
世界以外的風光
咱一人一個冊包仔
一人讀一款
學校就是宇宙
予咱

轉來踅去
講志願
畫咱自己的夢

《海翁台語文學・第一六一期》，頁一三二。
臺南市：開朗雜誌社，二〇一五年五月。

土地

阿娘是土地
一分出米
一分種菜開花
阮分一塊
養佇心肝底

囝仔是土地
細漢吃奶
愛嘣正爿的青春
欲通左爿去揣正經的痟話
大漢才佇淚中踅回

日時有土地
用一副驕傲的骨頭使犁
三心予人去揣
兩意藏在腹肚底
培養千千萬萬的鬼計

夢中有土地
夜夜重畫
提筆按算起起落落
毋知輪迴
透早的門鈴是破解的密碼

《台文戰線‧第三十九號》，頁九一。
高雄市：台文戰線雜誌社，二〇一五年七月。

考試

平時
阮的頭殼滇滇
內底有詩
不時
隨風溜去天邊
綴著白雲佇海上躊躇
纏住花蕊
久久無睍
嘆一句：冊內敢無少寡趣味

阮的胸坎也滇滇
有時呼出英雄的口氣

有時假做美人秀麗
有時
攬著樹仔
叫伊聽阮的心碎

唉
千思萬想
遇到考試就無半字
題目一堆
是一張落落長的咒語
害阮頭暈目暗
強強欲吐出
一窟墨水

《海翁台語文學．第一六三期》，頁一二四－五。
臺南市：開朗雜誌社，二〇一五年七月。

養樂多

之一

棚腳著徛久
才知戲撇舊
歡歡喜喜哮
撥開目賙，看伊鬧

之二

泅水著禁氣
才知海湧時
起起落落，放予命
節力忘輸贏

之三

呵茶著用心
才知日頭青
燒燒冷冷，等候第二泡
浮出四季謠

之四

讀詩著鑽腦
才知字藏妙
橫直，半暝三更也扣
筆畫游喜樂

《臺江臺語文學季刊・第一四期》，頁一八七－八。
臺南市：臺南市政府文化局，二〇一五年三月。

為啥物

讀冊為啥物
一本加加減減一本ABC
寫詩為啥物
一行擦汗一行撥瀾
考試為啥物
面色青青，無論暗暝也日時
為啥物讀史
看無未來會較好過去

為啥物生氣
揣無婧話只好目睭大細蕊
為啥物歡喜
攬著自己唱歌嘴開開
為啥物愛問為啥物
身軀懶懶，毋過頭殼滇滇

《海翁台語文學‧第一六五期》，頁一〇三。
臺南市：開朗雜誌社，二〇一五年九月。

老鼠坐大轎

老鼠坐大轎
一蕊紅花綁佇尾溜
搖啊搖，世界毋甘笑

白雲恬恬走去報予風來喝美妙
樹仔靜靜歪腰
目頭是焦焦的兩葉

過路的，勸伊加減歇
暗暝猶早
日頭耍影當好看

詩人拍算欲送伊四句聯
韻腳踏無聲
才知毛筆火燒，予人當做柴

作曲的，揣無譜
用嘴來哼
哩哩啦啦牽出一條貓仔的孤單

《海翁台語文學‧第一六七期》，頁一六二。
臺南市：開朗雜誌社，二〇一五年十一月。

Beeing

像蜂想縫
一絲絲啊就蜜了
日子，有花開佇鼻孔
味來
壓倒生醭的思念

像空想夢
一塊黑暗罩兩眼
月光，閃人
有影
走去揣字寫文章

哪知筆無針
劃來過去只見霧茫茫
劃去頭殼內底等候自己出版

才知愛無欉
落眠翻身
寂靜攬來存在，話簡單

《台文戰線‧第四十一號》，頁九八。
高雄市：台文戰線雜誌社，二〇一六年一月。

架跤

架跤架到桌頂
是阮，走來走去揣無
拍毌見的成績單
（敢是昨日偷偷賣予彼個收報紙）

架跤架到門口庭
是阮阿母一面曝日一面等收衫
架跤架去樹仔跤
是阿爸做穡拚出大粒細粒汗

架跤架去古早、古早
是阮阿公，喙鬚旋藤扮做薛丁山

往東往西演出大元帥
（中箭落馬哪會笑咳咳）

《海翁台語文學・第一六九期》，頁四八。
臺南市：開朗雜誌社，二〇一六年一月。

有風

窗前有風
日子一分一秒蓬鬆

目睭有風
心肝一分一寸清爽

街路有風
是汽車催著頭前的懵懂

田園有風
追末著出外人的流浪

海邊風透
較輸山內樹木含悲的風厚
嘴角風漏
贏著人情虛華一時的談笑
筆下弄風
不過消遣四時愛妄想

《中國時報・人間副刊》，二〇一六年一月十九日。

看破

恬恬看
靜靜聽
一直看
一直聽
看破鳥聲看破風的心情
聽見樹林內的影跡如何相疊
聽見海底的火山安怎噴出溫泉

一條溪，慣適喰聲
石頭定定
一座湖，無嘴應聲

天頂飛過的雲啊，輕輕鬆鬆
佔懸懸的日頭
敢無看著自己的形影
歪歪斜斜

《臺江臺語文學季刊・第十九期》，頁一三九。
臺南市：臺南市政府文化局，二〇一六年八月。

時候

鴨仔綴水
毋論江湖，抑是埤

雞仔綴更
有喙無耳
賊偷欲搬欲留，由在伊

花，笑來綴婧
毋管紅白抑是青

詩，吐來綴時
講真的用墨屎漕漕滴
講假的重重疊疊披彩衣

檢舉思想，向山水
敢有堅持
不鬧肝火
震動心中的意志
燒焦面皮
逼走鳥隻驚伊的歌聲太刺耳
敢有溫柔收是非
風聲撥弄只有漣漪
頂懸皺皺
溪底清清
泅著自在的魚
等詩，來搜查內裡
一首愛
一首恨
敢毋用著歹物

敢毋半字牽拖政治
敢毋加減裝熵

候春燕
巡田水
毋驚半暝捲雷被空虛
候夏星
目睭爍
日時夢中想欲共款醒
候秋詩
滿山遍野涼透衣
候冬，藏新味
記得好意
浮也圓圓沉也圓圓

不候選
不候位
目尾無夠纏
玫瑰無夠癡
情份等待日子按算
開花結籽
一坪，或者孤枝

不候天
不候地
堅持現此時
放下現此時
留予河川畫四季
人間歷史
等百年

末輸一暝
長也稀微，短也稀微

《台文戰線‧第四十二號》，頁九八。
高雄市：台文戰線雜誌社，二〇一六年四月。

讀詩人92　PG1585

買賣

──蘇善臺語詩

作　　者　蘇　善
責任編輯　盧羿珊
圖文排版　周妤靜
封面設計　蔡瑋筠

出版策劃　釀出版
製作發行　秀威資訊科技股份有限公司
114 台北市內湖區瑞光路76巷65號1樓
電話：+886-2-2796-3638　傳真：+886-2-2796-1377
服務信箱：service@showwe.com.tw
http://www.showwe.com.tw
郵政劃撥　19563868　戶名：秀威資訊科技股份有限公司
展售門市　國家書店【松江門市】
104 台北市中山區松江路209號1樓
電話：+886-2-2518-0207　傳真：+886-2-2518-0778
網路訂購　秀威網路書店：http://www.bodbooks.com.tw
國家網路書店：http://www.govbooks.com.tw
法律顧問　毛國樑　律師
總 經 銷　聯合發行股份有限公司
231新北市新店區寶橋路235巷6弄6號4F
電話：+886-2-2917-8022　傳真：+886-2-2915-6275

出版日期　2016年10月　BOD一版
定　　價　200元

版權所有・翻印必究（本書如有缺頁、破損或裝訂錯誤，請寄回更換）
Copyright © 2016 by Showwe Information Co., Ltd.
All Rights Reserved

Printed in Taiwan

國家圖書館出版品預行編目

買賣：蘇善臺語詩 / 蘇善著. -- 一版. -- 臺北市：釀出版, 2016.10
面； 公分. -- (讀詩人；92)
BOD版
ISBN 978-986-445-146-3(平裝)

863.51 105015783

讀者回函卡

感謝您購買本書，為提升服務品質，請填妥以下資料，將讀者回函卡直接寄回或傳真本公司，收到您的寶貴意見後，我們會收藏記錄及檢討，謝謝！如您需要了解本公司最新出版書目、購書優惠或企劃活動，歡迎您上網查詢或下載相關資料：http:// www.showwe.com.tw

您購買的書名：________________________________

出生日期：_______年_______月_______日

學歷：□高中（含）以下　□大專　□研究所（含）以上

職業：□製造業　□金融業　□資訊業　□軍警　□傳播業　□自由業

□服務業　□公務員　□教職　□學生　□家管　□其它_____

購書地點：□網路書店　□實體書店　□書展　□郵購　□贈閱　□其他

您從何得知本書的消息？

□網路書店　□實體書店　□網路搜尋　□電子報　□書訊　□雜誌

□傳播媒體　□親友推薦　□網站推薦　□部落格　□其他_______

您對本書的評價：（請填代號　1.非常滿意　2.滿意　3.尚可　4.再改進）

封面設計____　版面編排____　內容____　文／譯筆____　價格____

讀完書後您覺得：

□很有收穫　□有收穫　□收穫不多　□沒收穫

對我們的建議：________________________________

____

____

____

請貼
郵票

11466
台北市內湖區瑞光路 76 巷 65 號 1 樓

秀威資訊科技股份有限公司 收

BOD 數位出版事業部

....

（請沿線對折寄回，謝謝！）

姓　名：＿＿＿＿＿＿＿＿　年齡：＿＿＿＿　性別：□女　□男

郵遞區號：□□□□□

地　址：＿＿＿＿＿＿＿＿＿＿＿＿＿＿＿＿

聯絡電話：(日) ＿＿＿＿＿＿＿＿ (夜) ＿＿＿＿＿＿＿＿

E-mail：＿＿＿＿＿＿＿＿＿＿＿＿＿＿＿＿